무한의 지금

무한의 지금

발행일	2020년 1월 8일

지은이	서유신		
펴낸이	손형국		
펴낸곳	(주)북랩		
편집인	선일영	편집	오경진, 강대건, 최예은, 최승헌, 김경무
디자인	이현수, 김민하, 한수희, 김윤주, 허지혜	제작	박기성, 황동현, 구성우, 장홍석
마케팅	김회란, 박진관, 조하라, 장은별		
출판등록	2004. 12. 1(제2012-000051호)		
주소	서울특별시 금천구 가산디지털 1로 168, 우림라이온스밸리 B동 B113~114호, C동 B101호		
홈페이지	www.book.co.kr		
전화번호	(02)2026-5777	팩스	(02)2026-5747

ISBN   979-11-6539-024-2 03810 (종이책)   979-11-6539-025-9 05810 (전자책)

이 도서의 국립중앙도서관 출판예정도서목록(CIP)은 서지정보유통지원시스템 홈페이지(http://seoji.nl.go.kr)와
국가자료공동목록시스템(http://www.nl.go.kr/kolisnet)에서 이용하실 수 있습니다.

서유신
시 집

순한의 지금

북랩 bookLab

 차례

바람

바람에 실린
따뜻한 향기

어느새 추억한다
평온하며 느릿했던 젊음의 오후

바람이 지난다
차가운 억새풀 물결이 일렁이고

그 머문 자리엔
고요히 내려온 황금빛 노을이 세상에 번진다

민들레

여기저기 험한 바람에 몸을 싣고

소박하며 가지런한 꽃을 피우려
기나긴 여행을 했구나

각자의 곳에서 이제 여기 친구가 되어
하얀 눈꽃밭에 노오란 사랑이
가득하다

계절이 바뀌면 다시 어느 곳에서

너는 너대로
나는 나대로

다시 꽃을 피우게 되겠지

마음의 비

비가 온다

마음에 온다

톡톡톡 가슴 위에 떨어지는 소리

한 음
한 음

마음을 적신다

줄기 이룬 빗물이

마음의 벽에 얼룩진

그림자들을 씻어 주었으면…

톡톡톡

비가 내린다

봄꽃

끝나지 않을 것만 같던
끝을 모를 추위에 꽁꽁 얼어붙은 땅에도
봄은 왔다

거친 돌더미와 메마른 흙무더기 속에서
보기에 아주 여리기만 하던 그 새싹의 틔움은
어떠한 것도 막을 수 없었다

의지의 생명으로 티운 새싹은
세상에 오직 하나뿐인 진귀한 향기를 뿜어내는
아름다운 꽃으로 찬란히 피었다

소원

말할 수 없었던 너의 미련보다
내 상처가 아파서 미안하다

상처는 더디게도 아물지만
미련은 아물 수가 없어서 씻겨져야 할진대
씻겨줄 길이 없어 한탄스럽구나

너 있는 그곳에 내 마음도 함께 있으니

같이 없어도 함께요

눈을 감아도 함께라

멀지 않은 내일에 너와 마주할 기쁨을

오늘도 소원한다

아빠 손

삶에 치여
노동에 치여
사람에 치여

그다지도 곱고 여리던
고사리 같던 손은
어느새 거친 손이 되었다

거칠어진 손들은
자신을 이겨내고
세상에 버티며
자식들을 키워낸다

부끄러운 마음으로
내비쳐야 하는 갈라지고 굳어진
거친 손은 세상의 작품이다

세상의 왜곡된 시선이 보지 못하는
거친 손의 내면은
사랑이 가득한 아름다운 손이다

거칠어진 손들은

자식들의 고사리손을 어루만지며

그저 행복으로 띄운 환한 웃음을 짓는다

벚꽃

나의 벚꽃은
밤에 피었었다

화사함을 뒤로하고
차분하게 내려앉은 달빛을
머금고 있었다

바람결에 조용히 흔들리는
수줍은 몸짓에

지그시 눈을 감고
너의 향기 스치었다

돌아본 길가엔 어느새

꽃잎 흐트러지고

그렇게 봄도 지나갔다

표류

가야 할 곳도
가게 될 곳도 없는 망망대해

별 하나 없는 캄캄한 하늘
바다의 일렁임 말고는 아무것도 없다

그저 고요함이 있고 이따금의 미풍이 있다

여기가 끝이런가

오 바람이여,
어느 곳으로 가도 좋을 평온의 바람이여

하늘 날아 구름 위로 나를 인도하여라

나그네 길 찾을 수 있도록

별을 뿌리리라

눈물이 마른 때에

슬픈 마음에 오늘도 비가 내려와
더욱 젖은 마음이 되고

습관처럼 찾아오는 알 수 없는 우울함에
어둑한 방안은 더욱 차가워집니다

텅 빈 탁자에 따뜻한 차 한 잔을
올려놓아 보지만 이내 식어 온기가 없어집니다.

창가에 작은 꽃몽우리가 피려고 하지만 머뭇거리고만
있습니다

언제까지 주저할 거냐고 넌지시 물어보지만
대답을 선뜻 하지 않습니다

이번 비가 그치면 다시 차를 끓이려 합니다

그때는 반가운 대답을 들을 수 있을 것 같습니다

따뜻한 찻잔에 그대의 향기를 가득 담고 싶습니다

그믐

고프다
쓰리다

빈속은 언제나 그렁거리고 요란하지만
이 요란한 소리가 익숙하게 들리는 것에 쓴웃음이 절
로 난다

허기진 체 그냥 나선 길에는 속이 더 아릴까 하여
이리저리 무엇이라도 찾아 넣어보지만

공허함 속에 돌을 하나 채웠을 뿐이다

마녀

구부러진 코끝은 입술에 닿을 듯하며
그 콧등에는 사마귀 하나

칠흙 같은 망토를 두르고
어둠 속에서 악마의 씨앗을 땅속에 키우고 있구나

필경 그 씨앗엔 저주와 주술이 가득하리라

너를 광장에 끌어내어 화형을 집행해야겠다

"저는 추한 얼굴로 태어나 어두운 밤에라야 비로소 사람들의 시선을 피하여 감자라도 심을 수 있습니다. 제가 키운 것은 비참한 생을 연명할 작지만 소중한 양식일 뿐입니다. 부디 불쌍히 여기소서. 당신은 정의로운 심판관 아니십니까?"

그렇다. 나는 악의 뿌리까지 찾아서 깨끗이 불살라 박멸해버리는 정의의 심판관이다. 누구도 내가 행하는 심판의 저울질에서 자유로울 수 없다. 내 가슴의 갑주에 비춰지는 진실의 거울에서는 티끌보다 작은 악행도 숨길 수 없다. 이제 너를 거울에 비춰보고 저울질해보아서 너의 감자 한 톨보다 무겁고 네가 두른 망토보다 어두운 악행이 있다면 이 불의 검으로 너의 영혼까지 태워버리리라. 자 나를 보아라.

음…

네겐 슬픔의 무게와 비관의 어두움이 있구나. 오늘은 그냥 지나치지만, 다음에 또 같은 마음이 보인다면 가벼이 여기지 않을 테다. 이 작은 텃밭의 말뚝에 내 표식을 남기고 갈 테니 너는 이제 낮에 양식을 거두도록 하여라. 내 표식의 지경 안에서는 누구도 너를 해치지 않을 것이다. 너를 해치는 것은 오로지 다음에 내가 보게 될 너의 마음의 무게일 것이니 그리스도의 구원을 힘입어 밝은 마음을 갖도록 하여라.

나는 오늘

고픔을 겪지 않은 고픔을 아는 자는
고픔을 모른다

내 입에 각설이 타령은 그저 흉내뿐인
짓음에 불과하다

아픔을 겪지 않은 아픔을 아는 자는
아픔을 모른다

내 입에 신음은 그저 엄살일 뿐이다

사무침을 겪지 않은 그리워하는 자는

그저 회상할 뿐이다

모든 것이 그렇다 할지라도 나는 오늘

고프고 아프며 그립다

코스모스

가을,

무덥고 치열했던 여름이 가고
시원한 바람이 분다

분홍색 어여쁜 꽃단장한
코스모스 무리가 길가에 가득 피었다

살랑이는 바람에 덩실덩실
신이 난 꽃 무리

그 곁에 나도 있다

가슴 한가득 가을바람이 채워지면

꽃이 되어 춤을 출까
바람 되어 날아갈까

삶이란

수많은 사람
많았었던 사람
많이 있을 사람
그중에 "나"

수많은 죽음
많았었던 죽음
많이 있을 죽음
그중에 나의 "죽음"

수많은 이야기
많이 있는 이야기
많이 있을 이야기
그중에 나의 "이야기"

많이 있을 사람 또한
결국 많았었던 죽음으로…

사라질 이야기를 품으며
아등바등 살아가는 날들…

그래도
내일 아침의 알람시계는
오늘의 지금 맞춘 시간에 울릴 것이다

어두운 장막을 활짝 젖힐 것이며,
메마른 나무에 물을 줄 것이다

내일 볼 그대들에겐
환한 웃음을 짓게 해주리라

그 미소가 보기 좋아 하루를 사는 것 아니겠는가…

이면

나는 보았다
알았다

그러나 못 본 체했다
모른 체했다

무서워서, 두려워서, 귀찮아서

거리를 더 멀리하고
뒷걸음질쳤다

시야에서 상황이 멀어지면

겁쟁이는 어느새
다시 용기 있는 자가 되었다

그것은 수치였다.

버스 창가

한겨울 비 내리는 버스 창가

김 서린 창문에 세상은 희미해지고
불빛은 산란하여 수채화를 그렸네
아른거리며 몽롱한 꿈결 같은 세상

손으로
발 모양 쿡쿡 찍어보고
하트도 그려보고

이내 누가 볼 새라 수줍어
쓱쓱 지워보니

다시금 돌아오는 현실

누군가 내리는 하차 벨 소리가 들린다.

뛰다가 우연히

뛰다
숨이 차
멈추어 주저앉는다

한참을 헐떡이다 우연히 멈춘 시선

작은 들풀
작은 잎사귀

보다 작은 잎 조가리
아주 작은 모래들

한참 더 작은 것을 찾는다

모래보다 더 작은 알갱이 하나

이렇게 작은 알갱이가 여기에 얼마나 오래 있었을까
언제부터 있었을까

누구도 보지 못했을 너의 존재

너도나도 똑같이 땅 위에 꿋꿋이 서 있구나

측은하고 대견하다

기쁨

나의 기쁨, 너의 기쁨, 둘만의 기쁨
우리의 기쁨, 모두의 기쁨

날아갈 것 같은 기쁨

감사와 행복이 충만한 기쁨

영원한 평온에 대한 기쁨

사랑에 대한 기쁨

기쁨의 전이

나는 지금 기쁘다
나의 기쁨이, 너의 기쁨이, 우리의 기쁨이
모두의 기쁨이

창공의 무지개는 아름다웠다

기쁨은 영원하다

슬픔

나의 슬픔, 너의 슬픔, 둘만의 슬픔
우리의 슬픔, 모두의 슬픔

슬픔의 무게
슬픔의 전이

나는 지금 슬프다

나의 슬픔이, 너의 슬픔이, 우리의 슬픔이
모두의 슬픔이

진심을 간직한 슬픔의 애도는 고결하다

거짓된 슬픔만큼 무섭고 추악한 것은 없으리

지나간 것

아쉬웠던 순간
붙잡고 싶었던 순간
부족했던 사랑
못했던 고백

다시금 찾아오는 지나간 것은 감정의 되내임 속에
아쉬움은 더욱 커지고, 부족했던 것은 쓰라린 독이
되어 가슴을 녹인다

마음 깊은 곳으로 타들어 간 지나간 것의 아픔은 한
줌 재로 변하기까지 너무나 많은 상처를 가슴에 남겼다

끝없는 공허함이 깔리고 어딘지 모를 어둠 속을 허우적거릴 때
더 이상 타버릴 것 없던 지나간 것의 잿더미는

그리움의 불꽃으로 다시금 타오르며 마음을 비추고 상처를 지혈했다

상처인 줄만 알았던 지나간 것은 불꽃이었으며
공허한 어둠을 비추는 빛이었고 기쁨이었다

내 마음속에, 지금 내 시간 속에 함께 하는 것은 지금의 것이다
다가올 시간은 지나간 것이 예비한 축복의 시간이다

지금이 지난 훗날
나 또한 지나간 시간에 있을 때

못했던 사랑을
부족했던 사랑을
미안했던 사랑을

한없는 넘침으로 함께하고 싶다

지친 몸

사람에 지치고
일에 지치고
자신에 지치고

오늘도 지친 몸을 겨우 이끌어 들인다

짧은 꿈을 지나 금세 찾아올 아침과
오늘과 같을 내일이라는 무거움이 가슴을 짓누른다

한참을 버티다 돌아누운 베갯잇에는
숨죽여 흐른 눈물이 남아

또 다른 얼룩을 남긴다

가시

내게는 가시가 하나 있다
아주 작고 보잘것없지만
내가 가질 수 있는 최대한의 무기였다

그마저 잘 사용하지도, 능숙하게 다루지도 못했다
어쩌다 한 번 써볼라 쳤지만 너무 서툴러서
꺼내다가 허사가 될 뿐이었다

시간이 지나고 환경이 바뀔수록 나는 가시를 자주 꺼
내 써야만 했다
나의 가시는 갈수록 날카로워지고 크기 또한 커져만
갔다

내 가시로 인한 타인의 찔림을 자주 보게 되었을 때,
우연히 아픔 속에 갇혀 있을 때에 나는 알게 되었다

밖으로 커져 있는 줄만 알았던 가시가
내 안에서는 몇 배나 크게 자라고 있었던 것이다

그것은 나를 지배하며 잠식시키고 있었다

하지만 지금으로선 도저히 져버릴 수 없는 동반자인
것이다

언젠가 다시금 작고 조용한 정원에 있을 때야 비로소
가시의 날카로움은
무뎌지고 힘없이 작아질 것이다

지금은 그저 비겁하게 타협하며

정원에 두를 울타리를 준비하는 것이 최선일 뿐이다

울타리가 완성되고 나면

나의 가시는 고요한 정원 한 켠에

작고 소중한 꽃을 피울 것이다.

꽃잎

꽃이 폈다 자랑 말자
가을 오면 아쉽게 지리라

잎이 졌다 아쉬워 말자
돌아올 봄에는 더욱 찬란히 필 것이다

꽃이 피는 즐거움
잎이 지는 낭만

그것은 아름다움을 품은
계절의 시계 바늘이다

꽃잎이 하늘하늘

시계추도 춤을 춘다

감기

대자연의 녹색 줄기 위에 떠올라
붉게 달아오른 태양을 머금고
빨갛게 물든 꽃잎

불꽃의 퍼짐 같은 열정의 아름다움을
내 마음속에도 품고 싶었다

그 순결한 빛깔을
한없이 동경하며 바라보고만 있던 어느 날

세찬 소나기에 바르르 떨며 떨어지는 붉은 꽃잎은
내 마음에 선혈로 흩뿌려지었다

간직한다는 것은

아픔이런가
아름다움이런가

떨쳐지지 않는 붉음으로 다시 피어나 주어라

밤이 좋은 이유

온갖 다툼, 험담, 모략,
분노, 욕설, 고함, 사기꾼들

나만을 과녁으로 삼은 듯한 수많은 악의와 악재

이 모든 것이 숨죽여 잠을 자기 때문에
밤이 좋다

종일토록 억눌려서 금방이라도 터질 것 같은
붉게 충혈된 눈을 감고

캄캄한 어둠속에서 마음을 가라 앉히면

비참할지 모를 내 눈물 또한 보지 않을 수 있어서 밤
이 좋다

고요한 까닭

모든 걱정을 털고 나도 잘 수 있는 까닭

조물주의 위로를 느낄 수 있는 까닭

그래서 밤이 좋다

빈 주머니

점점 줄어드는 희망의 잔에 채워지는 것은 허망뿐인가

끝이 왔다는 느낌

깃털처럼 가볍지만 견딜 수 없는 무게로 짓누르는 허
망의 놀이꾼들

가면을 뒤집어쓴 멍텅구리들의 합창

민낯을 보여도 부끄럽지 않을 사람들이 가면은 왜 쓰
나 모르겠네

잡동사니로 가득 찬 잔에 작은 불씨 하나 던지어진
다면

모든 불의는 엄숙하게 불태워질 텐데

너도나도 털어보면 빈 주머니들뿐

이보시오들 노잣돈 한 닢씩이라도 들고 다니세

외침

외침
그저 외침이면 돼

큰 소리나 큰 울림이 아닐지라도
누구 하나 들어주지 않더라도

단지 진실이면 돼

아주 작은 소리 일지라도

그저 외침이면 돼

태양

오 태양.

너는 그 자리에 오래도록 있을 것이니
나의 열정을 네게 담아
나그네에게 이야기해주렴

봄날의 따뜻했던 여린 손길과
여름날의 뜨거웠던 한 마음이 있었노라고

선악

천사가 있다면
악마도 있겠지

악마는
날 비웃을까

아마도
날 보며 통쾌하게 웃은 날이 많았겠지

천사는
내가 안쓰러울까

아마도
날 보며 애타는 중보의 눈물을 많이도 흘렸겠지

내 생에 선악을 따진다면
악마의 웃음밖에 들리지 않건만

천국의 문을 두드릴 수 있는 것은

오직 예수님의 값없는 은총이겠지

극복

또다시 도망치고 싶을 때
뒷걸음의 한계가 왔을 때
더 이상 물러설 수 없을 때

그곳에서 처절한 사투를 벌이는 것은 도망치고 후회했던
과거의 오점을 만회할 수 있는 마지막 기회이다.

이 마지막 시련의 극복은 상처였던 과거의 치유이자
새로운 미래를 여는 승리의 개선문이다.

실패는 두려움의 대상이 아니라 결과물일 뿐이다
주사위를 던지면 나오는 숫자와 같은 것이다

노력은 원하는 숫자가 나올 수 있는 확률을 높인다
노력의 과정은 고통을 수반하며 인내를 요구한다

도전하고 노력하며 포기하지 말자
포기는 실패가 가장 좋아하는 먹잇감이다

부족한 확률은 하나님께서 채워 주실 것이다

파도

마지막 소망에서 외쳐라

절실하게 절규하며
스스로의 마음에 거대한 파장을 일으켜라

그 거센 파도를 탈 수 있는
용기와 지혜, 실천이 있을 때 비로소
바다를 향해 나갈 수 있을 것이다

그것은 단지 위대한 여정의

시작일 뿐이다

인생

스스로 원해서 태어난 사람은 없다
거부할 수도, 선택할 수도 없이 세상에 나온다

누구는 밝고 쾌적한 환경에서
누구는 어둡고 열악한 환경에서

누구는 부자로
누구는 거지로

누구에겐 마냥 여유로운 삶이
누구에겐 끊임없는 고난의 삶이

그렇게 주어진 삶은

영혼의 수련장이다

고난과 역경을 이기며, 영혼을 가꾸고 성장시키는 곳

짧은 인생을 통한

영원에 대한 준비과정일 뿐

준비과정이기 때문에 짧을 수밖에 없는 것이 인생이

리라…

붉은 사내

한 사내가 손등에 턱을 괴고 골몰히 생각에 잠겨있
다. 얼굴은 녹슨 철판 같은 빛깔을 띠고 있었지만 매우
깊고도 짙은 붉은색과도 같았다. 붉고도 음침한 낯빛과
반대로 옷차림은 모자부터 양말, 구두까지 모두 흰색으
로 차려입었다. 사내는 마침내 고민하던 결심을 굳혔는
지 심연의 어둠 같기만 하던 두 눈에 한 줄기 빛이 스쳐
지나갔다. 그 결심은 바로 몇 분 전 뺑소니차에 치여 심
장이 즉시 멎어 죽어있는 '재선'이라는 남자를 살려내기
로 한 것이었다. 사내는 손바닥을 펴서 재선의 가슴 위
에 올렸다. 짤막한 주문이 사내의 입에서 흘러나오자
알 수 없는 검은색 형체들이 땅속에서 올라와 재선의
몸을 몇 번 감싸 돌더니 이내 사라졌다. 재선의 심장이
다시 뛰기 시작했다. 혼미하고 어지러운 정신을 헤집고

94

재선은 천천히 눈을 떴다. 조금 전 차량사고가 기억이 나면서 범퍼에 부딪힌 대퇴골과 넘어지면서 바닥에 꽂히다시피 한 척추가 욱신거리는 것을 느꼈다. 일어나 몸을 이리저리 움직여보고서는 병원에 갈 정도는 아니라고 생각했다. 정신을 잃을 만큼의 충격이었지만 멀쩡히 몸을 움직일 수 있는 것에 대해 상당히 불쾌한 기분이 들면서 갑자기 등골이 오싹해졌다. 사고 후 정신을 잃기 직전에 보아 두었던 뺑소니차의 번호판을 생각해 보려 했지만 영 기억이 나지 않았다. 분이 났지만 나중에 다시 생각하기로 하고 길을 재촉했다. 재선은 퇴근길이었고 집에서 혼자 기다릴 일곱 살짜리 아들이 좋아하는 빵을 사려고 가는 길이었다. 재선은 벌써 몇 달째 월급을 받지 못한 터라 주머니 사정이 좋지 않았다. 이런 상황에 이상한 사고까지 겪으니 집으로 돌아가는 길은 더욱 길고, 어둡고 무겁게 느껴졌다. 힘이 빠진 다리는 낡은 신발에 의지하여 바닥에 먼지를 풀썩풀썩 일으키며 집으로 인도하였다. 집 앞에 도착해서야 빵집에 들르지 못했다는 것을 알아차렸다. 하지만 지금 돌아서 가기에는 몸이 너무 지쳐있었다. 살며시 문을 열고 들어간 방에 아들은 벌써 잠에 빠져있었다. 분명 재선을 기다리다 지쳐 잠에 빠졌을 것이다. 무슨 꿈을 꾸고 있는지 아들의 얼굴에는 모든 평온이 내려앉은 듯 발그스름하게 빛나고 있었다. 인기척을 느꼈는지 꼬물거리며 깨어난 아들은 게슴츠레 뜬 눈을 비비고, 자신의 앞에 있는 아빠를 보았다. 덜 깬 잠속의 꿈과 아빠를 오가며 아들은 더없이 환한 웃음을 띠고 아빠에게 달려들어 안겼다.

"아빠~~."

"아들, 많이 기다렸지……. 아빠가 내일은 꼭 아들이 좋아하는 빵 사 올게."

붉은 낯빛의 사내는 서로 부둥켜안고 잠들어 있는 부자를 보고 있었다. 세상 행복한 표정으로 자고 있는 그들의 모습을 보고 슬슬 열이 받으려는 것도 잠시, 내일 다시 맞이할 재선의 일상을 생각하니 금세 얼굴에 웃음이 번졌다. 내일도 재선의 월급은 안 나올 것이며, 퇴근길은 더욱 무겁고 처참할 것이기 때문이다. 조금만 더 기다렸다가 재선이 극단적 선택을 빨리하기만 바랄 뿐이었다. 낮에는 확실히 그날이 오늘일 거라는 생각이 들다가도 밤에 저 부자의 행복한 모습을 보고 있으면 정말 울화통이 치밀었다. 만만치 않았다.

'천하의 내가 이런 달달한 그림을 계속 지켜볼 수는 없지.' 사내는 낮게 중얼거렸다. 며칠만 더 지켜보고 원하는 결과가 안 나오면 그땐 이미 덫에 걸린 맛있는 먹잇감에 치중하기로 하고 발길을 돌렸다.

2.

규환은 조금 전 있었던 사고를 생각했다. '과연 죽었을까……' 아직 술이 덜 깨서 아픈 머리를 움켜쥐고 휴대폰으로 뉴스를 검색하기 시작했다. 연말이라 대리기사가 예약되지 않아 운전대를 잡은 것이 화근이었다. 아직까지 그 사고와 관련된 뉴스는 없었다. 규환은 누가 봐도 알아보는 유명인이었다. 하지만 작년에 주가조작 사건에 연루되어 사회에 큰 물의를 일으킨 바 있다. 대형로펌의 도움을 받아 집행유예를 선고받고 간신히

감옥행은 면했었다. 또다시 오늘 일이 알려진다면 이젠 끝장이라는 생각에 모 아니면 도라는 심정으로 뺑소니를 감행했다. 이미 자정을 앞두고 아무런 관련 뉴스가 없는 거로 봐서 죽지는 않은 것 같았다. 오히려 아주 경미하게 다쳤을 것이라는 착각을 머리에 세뇌시키고 있었다. 당시에 주변은 가로등 하나 없이 어둠만 깔려 있었고 평소 행인이 거의 없는 도로라서 목격자도 있을 리 만무했다. 규환은 스스로를 안위시키며 자기 전에 샤워를 하기로 했다. 최고급 술과 특급 쉐프의 안주가 게걸스럽게 지나간 입속을 무리하리만치 세게 칫솔질을 했고, 음식점 특유의 냄새가 밴 머리는 한 번 감아 헹구고 두 번째 감기 시작했다. 머리를 감으며 내일 아침에 있을 신규 사업계약과 오후에 있을 시사 잡지 인터뷰를 머릿속에 그리자 휘파람이 절로 나왔다. 깨끗이 샤워를 마치고 드러누운 침대는 평소보다 더 포근하게 느껴졌다. 오늘 일만 무사히 넘어간다면 내일부터는 또다시 거칠 것이 없는 인생이었다. '큰일 아니었다.'라는 생각은 이미 오래전에 각인된 터였다. 그렇게 규환은 꿈속으로 잠을 청했다.

붉은 낯빛의 사내가 의기양양하게 흐뭇한 표정으로 규환을 바라보고 있었다. 자신의 먹잇감이 날이 갈수록 먹음직스럽게 숙성되고 있었다. 사내는 규환 같은 인간을 좋아한다. 자신이 관리하고 있는 세계에 가장 잘 어울리기 때문이다. 그곳에선 자신이 할 수 있는 만큼 모든 고통을 마음껏 줄 수 있고, 규환 같은 것들이 그 고통 속에서 이리저리 파리처럼 앵앵거리며 괴로워하는 모습은 다른 그 무엇보다도 재밌었다. 또한 자신의 영역으로 들어올 가까운 미래도 알지 못하고 이렇게 만족스럽게 잠을 청하는 규환 같은 사람들을 볼 때마다 얼마나 우습고도 기쁜지 말로 표현할 수 없는 기분이 들었다. 오늘 재선이라는 사내를 살려낸 것이 잘한 것이라는 생각이 갑자기 들었다. 만에 하나 이번 일로 규환이 교도소로 가고, 그곳에서 삶의 태도가 바뀌기라도 한다면…… 어이쿠, 생각만 해도 끔찍했다. 말 그대로 다 된 밥에 재 뿌려지는 일이다. 위에 계신 분에게는 죄송한 말씀이지만 규환만큼은 자신의 세계로 데려갈 것이었다. 요즘 가뜩이나 위로 가는 사람이 없어서 그분의 심기가 편치 않겠지만, 그렇다고 자신의 즐거움을 양보할 수는 없었다. 어차피 그분이 주신 사명인 데다 모든 것은 즐길 수 있을 때 즐기라고 하지 않았던가. 지금으로선 이대로 규환을 보는 재미가 쏠쏠하고 그 이후에 있을 재미 또한 기다리고 있으니 지금이 더할 나위 없이 좋은 상태였다. 사내의 얼굴에 웃음이 잠시 나타났다가 사라짐과 동시에 사내는 모습을 감췄다.

주한의 지금, 바람과 시간

우주의 역사가 시작된 이래 내가 태어나기 직전까지 수만 년 우주의 시간은 내게 0초와도 같다. 죽음 이후 수만 년 우주의 시간 또한 내게 0초와도 같을 것이다. 무한하고 거대한 우주의 시간 속에 지금 우리가 치열하게 사는 현재의 삶은 0.1초도 되지 않는 짧은 순간이다.

스스로 원해서 태어난 사람은 없다. 거부할 수도, 선택할 수도 없이 세상에 나온다.

누구는 밝고 쾌적한 환경에서
마냥 여유로운 삶이
누구는 어둡고 열악한 환경에서
끊임없는 고난의 삶이
누구는 건강한 육체로
누구는 연약한 지체로

이렇게 주어진 삶은 역경을 이겨내며, 영혼을 가꾸고 성장시키는 영혼의 수련장이 아닐까? 삶은 길지 않다. 영원에 대한 준비과정일 뿐으로 0.1초보다 짧지 않은가!

바람과 시간은 어디서 왔다가 어디로 가는지 알 수 없고, 우리 또한 어떻게 이 땅에 와서 어느 곳으로 떠나는지 확실치 않다. 이 세상 뒤에는 0초와도 같은 영원한 흑암이 기다리거나, 하나님이 예비하신 또 다른 멋진 여정이 기다릴 것이다.